Mummy
Daddy

EN FAMILLE !

le père

la mère

le frère

la sœur

ICKELODEON

DORA L'EXPLORATRICE

LES PETITS IMAGIERS

La famille et les amis

MAGNARD

EN FAMILLE !

Hello, voici ma maison.
Mummy et *Daddy* m'attendent
près de la porte.
Les vois-tu ?

Viens, je vais
te présenter
toute ma famille !

le cousin

la tante

la grand-mère

DANS MA MAISON

Babouche regarde la télévision dans le salon.
Hello Babouche ! Allons jouer dans ma chambre.
Veux-tu venir avec nous ?
Avant, je vais te faire visiter ma maison.

un tableau

DANS MA MAISON

la cuisine

le salon

la chambre

DANS MA MAISON

un canapé

une télévision

une chaise

un pot

un vase

une table

une lampe

un lit

une commode

Mon album photos

mon papa

ma maman

Colle la photo
de chaque membre
de la famille
de Dora.

ma sœur

mon frère

C'est ma chambre !

Décore la chambre
de Dora en collant
les éléments
manquants.

L'ANNIVERSAIRE - SURPRISE !

Aujourd'hui, c'est l'anniversaire
de Babouche.
Avec mes amis, nous préparons une fête.
C'est une surprise !

Sur la table, nous avons des gâteaux et des jus de fruits.
Il y a beaucoup de ballons de toutes les couleurs.
Connais-tu tous mes amis ?

Véra

Totor

Tico

Babouche

le Trio Fiesta

Grand Poulet rouge

L'ANNIVERSAIRE-SURPRISE !

un gâteau

un cadeau

une bougie

des bonbons

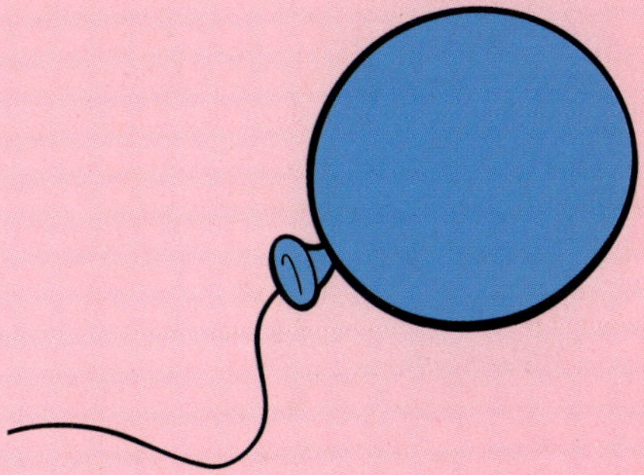

un ballon

un bouquet de fleurs

À LA FÊTE FORAINE

Babouche et moi sommes à la fête foraine.
Nous allons monter dans la grande roue.
C'est génial !
Aimerais-tu nous accompagner ?

un cheval de bois

À LA FÊTE FORAINE

un manège

une grande roue

un stand

un tir à la balle

À LA FÊTE FORAINE

un drapeau

un siège

une peluche

une glace

un jouet

Et toi, quand fêtes-tu ton anniversaire ?

Colle le nombre
de bougies
que tu vas bientôt
souffler.

Quelle attraction aimerais-tu faire ?

Colle l'attraction que tu préfères.

AU PIQUE-NIQUE

Aujourd'hui, avec tous mes amis,
nous allons pique-niquer au parc.
J'ai accroché le panier à mon vélo.
Babouche a des fruits dans sa remorque.
Let's go ! Aimerais-tu venir avec nous ?

AU PIQUE-NIQUE

une nappe

un panier

un arbre

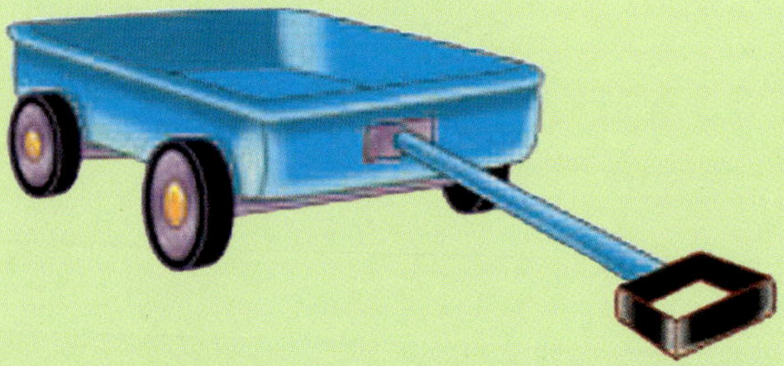

une remorque

une casquette

AU PIQUE-NIQUE

des sandwiches

un jus de fruits

des fruits

des gâteaux

des assiettes

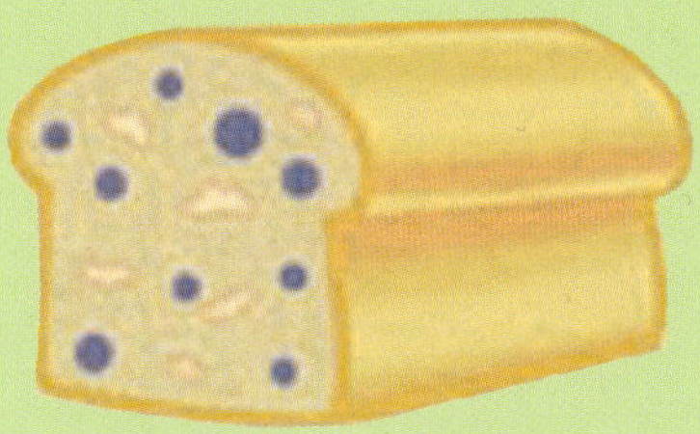

du pain

C'EST NOËL !

Je décore le sapin avec des boules
de toutes les couleurs.
Il y a une étoile tout en haut.
Tout à l'heure, il sera entouré de nombreux cadeaux.
Aimes-tu Noël, toi aussi ?

une guirlande

C'EST NOËL !

une boule

une étoile

un sapin

un cadeau

un train

une peluche

une poupée

un ballon

un livre

Quel super pique-nique !

Colle
les aliments
sur la nappe.

Mon beau sapin !

Pour Noël,
Dora décore
un grand sapin.
Aide-la en collant
des boules
et des étoiles.

Conception pédagogique : Fabienne Rousseau – Édition : Béatrix Lot
Couverture : Luc Doligez – Maquette : Cécile Gallou – Composition : Al'Solo

Les Éditions Magnard remercient Grégoire Halbout et Sara Garvey pour leurs bienveillants conseils.

www.magnard.fr

Achevé d'imprimer en avril 2008 par Pollina luçon - France - n° L46612
Dépôt légal : janvier 2007 - N° d'éditeur : 2008/169